Cari amici,
benvenuti nel mio mondo,
un mondo stratopico!

Il divertimento è garantito,
parola di Geronimo Stilton

W0333344

Ecco il mio ufficio! Qui ho scritto l'avventura che state per leggere. Forse non lo immaginate, ma è il posto perfetto per una festa a sorpresa, parola di roditore!

Geronimo Stilton

BENVENUTO TRA I VIP!

PIEMME

Testi di Geronimo Stilton
Coordinamento testi di Alessandra Berello e Margherita Banal (Atlantyca S.p.A.)
Collaborazione editoriale di Augusto Macchetto

Coordinamento progetto Geronimo Stilton di Patrizia Puricelli
Coordinamento editoriale di Maria Ballarotti

Art Director: Fernando Ambrosi
Progetto grafico: studio editoriale copia&incolla, Verona
Coordinamento artistico di Lara Martinelli

Illustrazione di copertina di Alessandro Muscillo
Illustrazioni della storia di Giuseppe Facciotto (disegno) e Daria Cerchi (colore) con la collaborazione di Valeria Cairoli
Illustrazioni che accompagnano i grafismi di Andrea Benelle

Graphic design e realizzazione editoriale: studio editoriale copia&incolla, Verona

Da un'idea di Elisabetta Dami

www.geronimostilton.com

Pubblicato per PIEMME da Mondadori Libri S.p.A.

info@edizpiemme.it

Anno 2022 - 2023 - 2024 Edizione 1 2 3 4 5 6 7 8 9 10

Stampato da ELCOGRAF S.p.A., Via Mondadori, 15 - Verona.

CHE FORTUNA, STILTON!

Cari amici roditori, vi è mai capitato di desiderare una cosa per tanto, **TANTISSIMO** tempo e poi... ottenerla? Come dite? Sì? Ecco, a me invece non capita mai...

A parte quella volta!

Non riuscivo a crederci nemmeno io, ma stringevo tra le zampe l'invito alla festa del Club.

Come, 'Quale Club'?! Ma *quel* Club! Il più esclusivo, chic, famoso dell'Isola dei Topi: **il Club dei VIP!**

Gli eventi che organizza sono così speciali che ne parlano tutti per mesi e mesi, e i suoi membri sono così famosi che tutti li salutano per strada. Per entrare a farne parte bisogna superare un esame severissimo! E io avevo l'invito alla festa che avevano organizzato... in mio onore!

Ero davanti alla sede del Club, pronto per il mio ingresso trionfale, ma proprio in quel momento il telefono squillò. Risposi, ma quello continuava a squillare... **COM'ERA POSSIBILE?!**

Mi diedi una tiratina ai baffi, mi pizzicai le orecchie e... mi svegliai!

Per mille mozzarelle, stavo **Sognando!**

Ero spaparanzato sulla poltrona del mio salotto con il giornale sul muso. *Squiiiiit!*

Mi ero addormentato leggendo un articolo sul Club dei VIP e adesso il mio smartphone TRILLAVA senza sosta!

Ma dove lo avevo infilato? Balzai in piedi e iniziai a **cercarlo**. Nell'acquario non c'era; sotto i cuscini del divano non c'era; sotto il tappeto non c'era...

Spaghetto aprì un occhio, mi guardò perplesso, infine abbaiò in direzione della libreria.

Il mio telefono era finito tra i volumi

dell'Enciclopedia RATTICA!

Lo presi e vidi che il numero sul display era sconosciuto... Strano!

– Pro... pronto? – dissi.

La **voce squillante** di una roditrice trillò:

– Dottor Stilton, finalmente! Che fa, poltrisce? Non risponda, non c'è tempo. È in casa, vero?

– S-sì... – biascicai, stupito.

– Bene! La selezionatrice del nostro Club sarà lì a momenti.

Comecomecome? Selezionatrice... Club... *Per mille mozzarelle*: stavo ancora sognando?
Mi diedi di nuovo una **tiratina** ai baffi... *ahi!* Ero decisamente sveglio!
Così mi schiarii la voce e chiesi speranzoso:
– Posso domandarle di quale Club sta parlando?
– Ma come! Non ci arriva da solo, dottor Stilton?
– Io... veramente...
– Su, non c'è tempo. Dev'essere pronto, anzi, prontissimo! La selezione è *se-ve-ris-si-ma*.
– Sì, ma io...
– Si consideri fortunato! Non a tutti capita **un'occasione così esclusiva!**
– Lo so, però...
– Corra a prepararsi, su!
E prima che potessi aggiungere altro, la roditrice riagganciò.
TU-TU-TU-TU!

Io rimasi come un **BABBEOZZO**, con il cellulare in mano e la bocca aperta.
Non riuscivo a credere che stesse succedendo proprio a me!
Spaghetto mi riscosse dandomi un colpo sulla gamba col suo testolone peloso.
Io lo abbracciai e gli dissi cinguettando: – Spaghettino mio, **grandi notizie!** Selezione severissima... occasione esclusiva... nessun dubbio: il Club dei VIP si è finalmente accorto di me!

– *Wof! Wof!*

– Come dici? Era ora? Non hai tutti i torti, mio

caro amico. Con tutte le iniziative benefiche che faccio... Con la mia attività al *Geronimo Stilton Group*... Con tutti gli eventi mondani a cui mi trascina mia sorella Tea... Con tutti gli articoli e i libri che scrivo... Insomma, un po' di **PRESTIGIO**, modestamente, ce l'ho!

Spaghetto, però, sembrava volermi dire qualcos'altro. E in effetti mi accorsi che sullo smartphone mi era arrivato un messaggio:

LA SELEZIONATRICE SARÀ DA LEI TRA 9 MINUTI. SI DIA UNA MOSSA, DOTTOR STILTON!

– Nove minutiii?! – urlai.

Com'era possibile? Dovevo lavarmi, pettinarmi i baffi, scegliere i vestiti giusti, rassettare la casa e infornare un vassoio di salatini al formaggio per l'ospite!

Non ce l'avrei mai fatta!

Mi guardai intorno. La casa, tutto sommato, era in ordine, potevo rinunciare a rassettare.
Il mio **SGUARDO** allora si posò su Spaghetto. Più che un cane sembrava un cespuglio... Dovevo assolutamente sistemargli il pelo! Lo pettinai, facendogli un sacco di raccomandazioni:
– Non saltare addosso alla selezionatrice! Non annusarle la borsa! E poi non darle il benvenuto con una delle tue ***super-leccatone-extra!***
Ora non mi restava che rendermi presentabile.
Mi fiondai in bagno e mi lavai il muso col sapone... ma ne usai talmente tanto che mi finì negli occhi e urlai: – Brucia, brucia, **bruciaaaaa!**
Mi sciacquai poi mi impomatai i baffi, ma ci vedevo male, così... afferrai il tubetto sbagliato e mi impiastricciai i baffi di dentifricio, mentre mi diedi una spazzolata ai denti... con il gel per baffi! *Squiiiiiit!*

vorrei essere perfetto, ma... così non vaaa!

Mancavano solo **quattro minuti** all'appuntamento, quando mi tolsi il pigiama e indossai il mio completo pulito e stirato. Vestito di tutto punto, mi fiondai in cucina: tirai fuori i **salatini** dal freezer e li infilai nel microonde.

In quel momento mi ricordai che Spaghetto non aveva mangiato, così recuperai le crocchette.

Ecco fatto: i salatini erano pronti. La ciotola di Spaghetto era piena. Io ero a posto, tranne che... portavo ancora le mie **ciabattone pelose.**

Ma proprio quando me ne accorsi, il campanello suonò...

WANDA, CHI LA MANDA?

Corsi ad aprire la porta e mi trovai davanti la selezionatrice in pelliccia e **baffi**.

Aveva un aspetto raffinatissimo, con grandi ***OCCHIALI DA SOLE*** all'ultima moda e un elegante cappello in testa.

– Buongiorno! – le dissi nel tono più amichevole che mi riuscì.

– Molto lieta. Sono Wanda, mi manda il Club – rispose lei con voce fredda.
Io aggiunsi: – A proposito del Club, potrebbe confermarmi che...

Mi fermai. Wanda mi stava **squadrando** le zampe e... si era accorta delle mie pantofole!

Scosse lentamente la testa.

– Io... ecco... – iniziai a biascicare, **PAONAZZO** per l'imbarazzo.

Dopo alcuni lunghissimi istanti, Wanda si schiarì la gola e diede un colpetto di tosse.

Io non sapevo che cosa dire.
Wanda tossì più forte.
– Vuole una caramellina? Un po' di miele? – le chiesi infine.
– Dottor Stilton, intende invitarmi a entrare o no? – ribatté lei, glaciale.
Mi sentii svenire. L'avevo tenuta sulla soglia tutto quel tempo! Che maleducazione!
– Certo, si accomodi! – dissi, facendomi da parte e inciampando nelle orecchie da coniglio delle mie pantofole!
Wanda abbassò lentamente gli occhiali, mi squadrò dall'alto in basso (avevo il sottocoda a terra!) e scosse la testa.
Io mi rialzai all'istante, cercando di sembrare disinvolto, e lei finalmente entrò.
Come prima cosa si mise a esaminare casa mia.
Ero tranquillo: tutto era in ordine!

Ma Wanda fissò un quadro: era STORTO!
Passò un dito su uno scaffale: era impolverato!
Sollevò un cuscino: era stropicciato!
Iniziai a **sudare freddo**. Sarei stato bocciato perché avevo dimenticato di sprimacciare i cuscini del divano? Impossibile saperlo, perché Wanda non diceva una parola.
Quando tirò fuori un taccuino e iniziò a prendere appunti, il mio stomaco si attorcigliò.
L'avrei distratta con un po' di conversazione.
Chiesi: – Wanda, **chi la manda?** Insomma, io credo venga da parte del Club dei VI...
Lei mi interruppe con un gesto della zampa.
– Dottor Stilton, se lo lasci dire: questo è un **pessimo inizio**. Chiedere informazioni in modo così diretto! È una mossa antica, demodé, muffosa!
Io balbettai: – M-ma io volevo solo...

Wanda continuò senza ascoltarmi: – Ovviamente si tratta del Club. IL Club. *Quel* Club! Ha capito? E pensa di meritarselo? È già convinto forse? EEEH?

Mentre parlava, Wanda agitò l'indice davanti al mio muso, costringendomi a indietreggiare. Spaghetto cominciò a ringhiare piano, e Wanda gli lanciò una delle sue occhiate di ghiaccio.

Mi feci coraggio e chiesi: – Come farete a esaminarmi?

Wanda tacque. Poi tirò fuori dalla sua borsetta un piumino e un portacipria e, con la massima calma, cominciò a

INCIPRIARSI IL MUSO.

Sentivo l'**agitazione** che saliva, salivaaa.
Provai a dire: – C'è bisogno che io prepari qualcosa per l'esam...
Wanda mi bloccò con il solito dito. Poi si controllò il muso nello specchietto del portacipria.
Poi si sistemò il cappello.
Poi si ritoccò il rossetto.
Poi, con *tuuutta* calma, disse: – Abbiamo i nostri metodi, dottor Stilton. Segua le regole!
Tutto qui?
Aprii la bocca per chiedere dettagli, ma Wanda chiuse il portacipria di scatto e disse: – **UNO!** L'esaminato non deve *mai*, per nessuna ragione, fare domande ai selezionatori!
Richiusi la bocca.
– **DUE!** L'esaminato sarà sotto *strettissima*, e dico strettissima, osservazione per una settimana. Ogni ora, ogni minuto, ogni secondo!

I baffi cominciarono a **frullarmi** per lo stress: Wanda mi metteva paura.

– **TRE!** L'esaminato non potrà rilassarsi nemmeno per un piccolo, minuscolo, infinitesimo momento!

– Nemmeno per andare in bagno? – mormorai con un filo di voce.

Wanda mi fissò. Inspirò a fondo. E poi strillò:

– Qual era il punto uno?

– Non fare domande ai selezionatori – risposi io, facendomi piccolo piccolo.
Wanda sorrise: – Bravo. È tutto chiaro, adesso?
Io feci di sì con la testa.
– Molto bene. D'ora in avanti, si ricordi, il Club avrà occhi e orecchi dappertutto. Dobbiamo scoprire se è degno o no, caro il mio Stilton!
Poi girò i tacchi, pronta a uscire. Io non riuscii a trattenere un sospiro di sollievo.
Wanda si voltò e mi minacciò di nuovo col dito:
– Non si rilassi!
– N-no...
– Benissimo. Ci rivedremo alla cerimonia di ammissione al Club, se (e dico SE!) dimostrerà di poter diventare socio. La saluto! Ah... raddrizzi quel quadro, tolga la polvere e dia una sistemata ai cuscini!
Detto questo, Wanda se ne andò, lasciando nella

stanza una **nuvola** di cipria, un topo frastornato e un cane perplesso.
Quando mi ripresi, annunciai: – Bene, l'Operazione VIP inizia... **ADESSO!** Che cosa ne dici, Spaghetto, ce la farò?
Spaghetto mi guardò con gli occhioni sgranati e le orecchie dritte. E fu proprio in quel momento che... la sua pettinatura esplose!
Passò in un istante da cane da concorso di bellezza a **cespuglio** disordinato.

Era tornato il mio adorato cagnolone arruffato, unico e simpaticissimo. Lo abbracciai stretto stretto. – Sono orgoglioso di te! Ti sei comportato come un vero gentilcane!
Lui mi diede una leccata che mi rincuorò e mi guardò con i suoi OCCHIONI.
In fondo, se il Club aveva deciso di mettermi alla prova, voleva dire che mi considerava all'altezza... Tutto quel che dovevo fare era impegnarmi al massimo e avere fiducia. Ogni cosa sarebbe andata per il meglio, me lo sentivo!

UNA ZUPPA UN PO' PEPATA

Il giorno seguente mi svegliai di buon umore: in programma c'erano la mia **corsetta mattutina** al parco con Spaghetto e poi un importantissimo pranzo di lavoro.

Ma tra i due impegni... avrei dato una ripassata al **GALATEO!** Con gli esaminatori dei VIP che mi osservavano costantemente (anche se non avevo idea di come!), non potevo permettermi la minima **figuraccia!**

Dopo la corsetta, quindi, rilessi dall'inizio alla fine *Il manuale del perfetto gentiltopo. 101 occasioni per fare figuroni coi baffi!* e consultai il blog *www.buonemanierepertutti.top* da cima a fondo.

Dovevo risolvere i miei dubbi sulla buona educazione entro l'ora di pranzo!

Baciazampa sì o baciazampa no? Inchino sì o inchino no? Spuzzette sì o... No! Spuzzette **DECISAMENTE NO!** Quest'ultima era facile, cari amici roditori!

Guardai l'orologio: *per mille mozzarelle*, ero già in ritardo!

Inforcai la mia bici elettrica e mi misi a pedalare ***a tutta velocità*** verso il ristorante Fromage d'Or.

Era lì che avevo appuntamento per pranzo con Bricioloso Briciolazzi. Il re delle patatine al formaggio voleva lanciare sul mercato una nuova linea di **chips biologiche** confezionate in sacchetti di carta riciclabile e aveva scelto il *Geronimo Stilton Group* per la pubblicità... **Che onore!**

Quando entrai, Bricioloso era già al tavolo. Come al solito, vestiva da perfetto topo d'affari... anzi di *business*, come avrebbe detto lui! Non appena mi vide agitò una zampa nella mia direzione. – Eccola, Stilton... *welcome!* Si vede che lei è un **GENTILTOPO**, proprio come me: agli appuntamenti non si arriva né in ritardo né in anticipo, ma perfettamente puntuali! *Oh yes!*

Io gonfiai il petto e sussurrai tra me: – Iniziamo bene, mi sto comportando come un vero VIP!

Lanciai un'occhiata furtiva tutto intorno.

Chissà se c'era qualche videocamera nascosta dagli esaminatori dei VIP? O magari qualcuno dei clienti del ristorante era un membro del Club in ***incognito?***

– Che fa, Stilton, non mi saluta? – disse piccato Briciolazzi. *Ooops!* Era rimasto con la zampa tesa ad aspettare che gliela stringessi! Rimediai subito e mi sedetti.

Una cameriera sorridente ci portò immediatamente i menu, ma io ero così **CONCENTRATO** a guardare le posate (si comincia dalla forchetta a destra o da quella a sinistra?) che quando tornò per prendere le nostre ordinazioni non avevo letto nemmeno una riga, *squit!*

Lei finì di segnare quello che desiderava Bricioloso e poi puntò i suoi occhi chiarissimi nei miei, chiedendo: – **Che cosa le porto?**

Io balbettai: – Ehm... io... forse... ecco...

– Che fa, Stilton, non si è ancora deciso? – incalzò Briciolazzi.

Io ero confuso.

– Una bella fonduta filante? – mi propose allora la cameriera.

– Sì grazie! – risposi, sollevato. Poi ci ripensai: FONDUTA FILANTE? *Il manuale del perfetto gentiltopo* consigliava di evitare piatti sporchevoli!

Così mi affrettai a dire: – No, la fonduta no!

– Magari... una crema di patate all'aglio?

Aglio? Poi il mio alito avrebbe steso tutti!

– No, no, no, l'aglio no! – strillai.
– Che fa, Stilton? Lo spiritoso? – chiese Briciolazzi, un po' spazientito. – Qui il tempo passa, *oh yes!*
La cameriera fece un sorrisino: – Ho capito tutto! Lei è il classico cliente indeciso! Ma non si preoccupi, ci penso io! Si fida di me? **EH? EH?! EEEH?!**
Che strano, quel modo di parlare mi ricordava qualcuno... Stavo cercando di capire chi, quando mi accorsi che Bricioloso **tamburellava** le dita sul tavolo e mi guardava incupito... Non dovevo farlo innervosire ulteriormente!
– Mi fido, mi fido! – mi affrettai a rispondere.
Pochi istanti dopo, la cameriera tornò.
– Per cominciare, **PEPITE** di formaggio, pere e pistacchi per il dottor Briciolazzi e per lei, dottor Stilton, un trionfo scondito di broccoli,

erbette e prezzemolo! – disse, posandomi davanti una **scodella verde**, verdissima, e dall'odore poco invitante.

Mi feci coraggio e cominciai a mangiare, mentre discutevo con Bricioloso della campagna. Tutto sembrava andare per il meglio, quando mi accorsi di un **sorcio** che continuava a fissarmi. *Per mille mozzarelle*, quello era Red Paparatz, il famoso fotografo dei VIP.

Era sempre presente alle feste del Club! Forse avevano mandato *lui* a controllarmi?

Per fare una prova, gli sorrisi. Lui ridacchiò poi, più veloce della luce, sollevò la fotocamera e scattò. **CLICK!**

– Lo sapevo! – gridai.

– *Oh yes!* Certo che lo sapeva, Stilton – disse Bricioloso, infastidito. – Abbiamo concordato i dettagli del progetto delle patatine biologiche mesi fa! Che fa, non mi ascolta?

Stavo per scusarmi, quando la cameriera mi piazzò davanti il **piatto principale**. – Ecco la Zuppa Gocciamarrone, una specialità dello chef. Manca solo un'abbondante grattata di pepe del Topikistan, ma provvedo subito!

E macinò un sacco di pepe che finì sul piatto ma anche nel mio naso e così...

– **EEE-EEEEEE-EEEEEEEETCIÙ!**

Starnutii così forte che... **Soffiai via** tutta la zuppa dal mio piatto!
Quando rialzai la testa, il disastro era servito: Bricioloso era inorridito (e ricoperto di Zuppa Gocciamarrone) e Red Paparatz scattava a più non posso!
Che figuraccia felina!
– *Disgusting!* Me ne vado! – gridò Briciolazzi.
Io provai a fermarlo, ma mentre scattavo in piedi mi rovesciai sui pantaloni quel che rimaneva della zuppa... *Squiiit!*
Red Paparatz scattava **FOTO A RIPETIZIONE.**
Per mille mozzarelle!
Come potevo salvare la situazione... e soprattutto la dignità?
Mi venne in mente il capitolo 5 del *Manuale del perfetto gentiltopo*: 'Mantenere lo stile a ogni costo, in ogni situazione'.

1
2

3

4

Così, per nascondere i miei pantaloni macchiati, afferrai la **TOVAGLIA IMMACOLATA** del tavolo vicino e mi ci avvolsi come in una tunica. Poi, prima di filare via, feci il miglior sorriso che mi riuscì e dissi: – Ehm... Scusate per l'inconveniente e **alla prossima volta!**

E così dicendo lasciai il locale a testa alta, cercando di mostrarmi disinvolto.

Perché un *perfetto gentiltopo* non se ne va mai senza salutare!

IL RE DEI BABBEOZZI

La mattina dopo, appena aprii gli occhi, mi sentii un **MACIGNO** sul petto.

E non era solo per la figura tremenda che avevo fatto con Bricioloso Briciolazzi al ristorante... o per le mille foto scattate da Red Paparatz... oppure perché me ne ero andato dal ristorante **avvolto** in una tovaglia.

Era soprattutto per la **ZAMPONA** di Spaghetto piazzata proprio su di me!
Il mio cagnolone mi leccò il muso, io mi tirai su e guardai la sveglia: l'avevo spenta e **non aveva trillato!**
Zompai giù dal letto. Avevo una giornata fitta di impegni: dovevo essere organizzatissimo, se non volevo far saltare i miei appuntamenti!
Inoltre la sera Tea mi aveva invitato a un concerto di **musica classica** diretto dal celebre Ronf Van Noio: ci sarebbero stati i roditori più in vista della città!
Mentre riempivo la ciotola di Spaghetto, gli dissi: – La nostra **corsetta mattutina** oggi sarà più breve, amico mio!
Quando aprii la porta per uscire, mi trovai a muso a muso con mio nipote Benjamin. Che cosa ci faceva a casa mia a quell'ora?

– Zio G, come ti senti? – mi chiese con aria preoccupata.
– Bene, grazie. E tu?
– Non hai ancora visto i giornali, vero? – mi disse lui con un **sospiro**.
– I giornali? No, perché?
Per tutta risposta, mio nipote tirò fuori da sotto il braccio l'ultimo numero della

il quotidiano diretto dalla mia concorrente Sally Rasmaussen e me lo mostrò.
In prima pagina... **c'erano le mie foto!**
E quel che facevo in quelle foto si poteva definire in due parole: figuracce feline!

– Red Paparatz mi ha incastrato! – esclamai. Dovevo aspettarmelo! Il **fotografo** aveva sicuramente proposto gli scatti a quella faccia di fontina di Sally. E adesso tutti avrebbero visto quelle foto, compresa... la commissione selezionatrice del Club dei VIP!

Mi si **afflosciarono** i baffi. – Che disastro!

Ben cercò di consolarmi: – Coraggio, zio Ger. Sapevo che queste foto ti avrebbero fatto rimanere un po' male...

– Di' pure malissimo! Sembro il re dei babbeozzi! La mia reputazione si **SQUAGLIERÀ** come un gelato alla fontina lasciato al sole!

– Non ne sarei così sicuro... Leggi un po' qui – mi disse mio nipote, allungandomi il suo smartphone.

Sulla pagina *pettegolezzisuccosetti.top* si parlava di me: 'Le foto del famoso editore

Geronimo Stilton, capo del prestigioso *Stilton Group,* che si copre di ridicolo al Fromage d'Or stanno facendo **il giro del web**'.

– Ecco, mi prendono in giro ovunque! – cominciai a lamentarmi.

Ben scosse la testa: – **Leggi tutto**, prima di giudicare!

Così continuai. 'Gli utenti commentano: *Che simpatico quello Stilton! Credevo fosse un tipo con la puzza sotto il naso... invece ne combina proprio di tutti i colori! Bisogna avere coraggio per andarsene vestiti di una tovaglia! Mi ha fatto fare un sacco di risate!*'

Io guardai mio nipote, **STUPITO**.

– Hai visto, zio? Le persone hanno apprezzato il fatto che non ti sei abbattuto.

– Mi trovano simpatico... chi l'avrebbe detto – commentai io sorridendo. Poi dissi a Ben: – Sei stato un tesoro a venire qui a consolarmi.

– Volevo essere sicuro che ti ricordassi che sei **lo zio migliore del mondo...** anche quando combini qualche pasticcio! – mi rispose lui.

Lo abbracciai forte e poi lo lasciai correre a scuola. Anch'io dovevo correre... e veloce!

Il concerto di quella sera al Teatro Tortiglione era l'occasione giusta per seguire uno dei consigli del *Manuale del perfetto gentiltopo*: 'Per rimediare a una figuraccia bisogna... fare un **FIGURONE!**'.

A fine giornata mi preparai con cura: volevo essere impeccabile! Alle otto in punto ero sotto casa di Tea a bordo di una decappottabile ecologica del servizio di *car sharing** TopCar: un'auto da vero VIP!

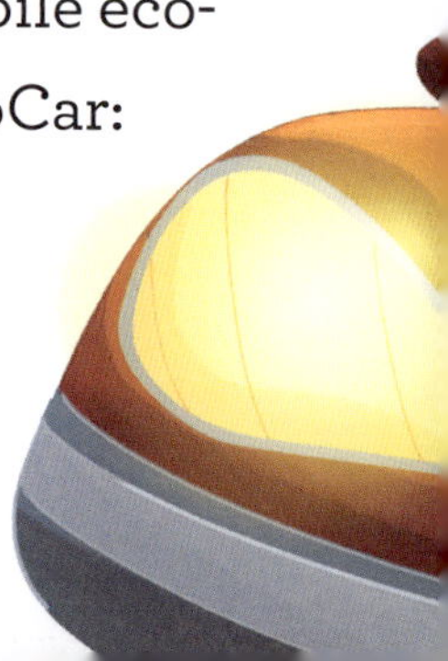

* Il *car sharing* è un servizio di noleggio di auto per brevi periodi, anche poche ore. Diffuso ormai in moltissime città, è anche una scelta sostenibile ed ecologica!

Mia sorella esclamò: – Ger, faremo un figurone! Proprio quel che volevo!

La serata era perfetta: l'aria era tiepida e profumata, in cielo la luna splendeva già e sopra di noi volava... **un drone?!**

Appena ci fermammo a un semaforo rosso guardai meglio e notai proprio un drone con sopra uno strano logo, simile a un **sorriso!**

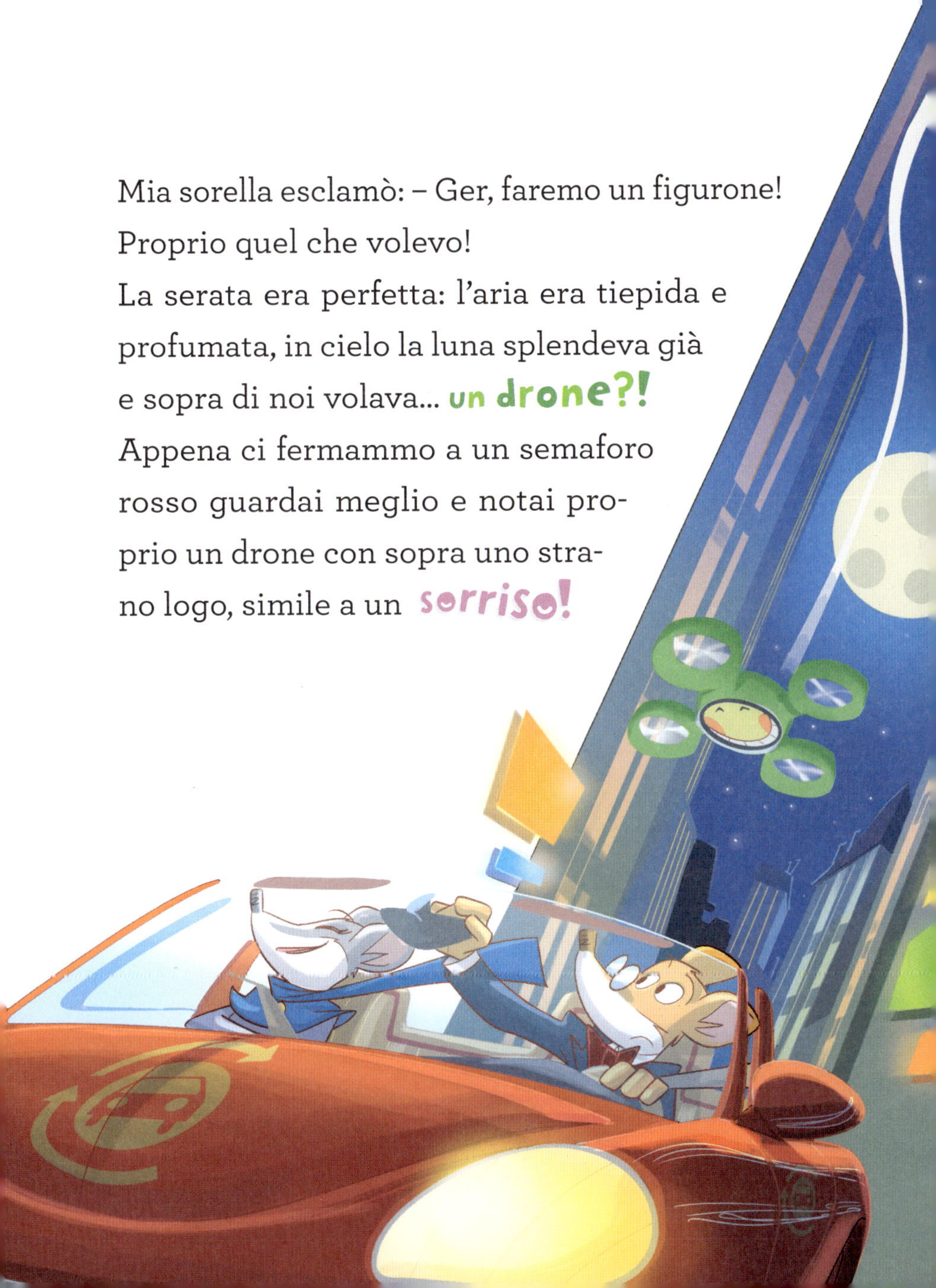

– Lo vedi anche tu? – chiesi a mia sorella Tea, puntando un dito verso l'**ALTO**.

– Vedo... che cosa? – domandò lei, confusa.

Alzai di nuovo lo sguardo, ma il drone era sparito. Eppure non lo avevo immaginato...

Allora mi tornarono in mente le parole di Wanda: '*Sarà sotto strettissima osservazione!*'.

Ma certo! Il Club dei VIP mi stava tenendo d'occhio! Non potevo permettermi che andasse storto nemmeno un **piccolo dettaglio!**

IL LETARGO DEL GHIRO

Quando varcammo la soglia del Teatro Tortiglione rimasi a bocca aperta.
Era pieno di roditori famosi. Attori, influencer, presentatori televisivi... di certo in quella folla si nascondevano alcuni membri del Club!
Tutti erano elegantissimi, SORRIDENTI e a loro agio. Anch' io mi sentivo felice!

Quando notai Red Paparatz nascosto dietro una pianta, però, un **brivido** mi percorse dalla punta dei baffi a quella della coda.

Come se non bastasse, lui mi strizzò l'occhio, quasi a dirmi: *'Mi aspetto grandi cose da te, Stilton! Vai con le tue figure da babbeo!'*.

In un attimo passai da **'sereno e rilassato'** ad **'agitato e nervoso'**. Le vecchie figuracce erano alle spalle, ma quella sera non potevo permettermi di farne di nuove!

Con i baffi che mi frullavano per l'ansia, afferrai uno stuzzichino da un vassoio.

– Signore, per le Perle di crema di formaggio sgusciante ci sono le apposite forchettine! – mi bisbigliò il cameriere.

Ma ormai era **TROPPO TARDI**: mi ero già infilato in bocca una perla... ungendomi tutta la zampa!

Dovevo assolutamente andare in bagno a sciacquare via l'unto. Nel tragitto incrociai Tea che esclamò:
– Eccoti Ger, ma dov'eri finito? Ci sono un sacco di **tipi al top** che voglio presentarti. Lui è James Topitt, il famoso divo delle serie TV!

Io sorrisi preoccupato mentre James mi tendeva la zampa. Non potevo tirarmi indietro!
Così, provai a stringerla e balbettai: – P-piacere, Sti-stilton...
Ma... **SWISH!** La mia zampa sporca di formaggio sgusciò via da quella dell'attore come una saponetta!
Lui mi guardò con aria disgustata e borbottò:
– Ritirare così la zampa... che maleducato!

Avrei voluto scusarmi, ma Tea mi stava già trascinando a conoscere altri roditori illustrissimi. Peccato che ogni presentazione si concludesse sempre e inevitabilmente allo stesso modo: con un **imbarazzantissimo** swish della mia zampa!

– Geronimo, cerca di darti un contegno! – mi esortò Tea.

Dovevo pensare a una soluzione e alla svelta! Mi tornò in mente il capitolo 11 del *Manuale del perfetto gentiltopo* ed ebbi un'idea **GENIALE** (o almeno così credevo): sarei passato dalle strette di zampa agli inchini!

Proprio allora una **voce familiare** disse: – Vieni, cara, voglio presentarti il celeberrimo Geronimo Stilton, direttore del *Geronimo Stilton Group*. È uno dei più grandi intellettuali di Topazia...

Mi voltai e vidi il sindaco Honorato Topato che avanzava nella mia direzione con sua moglie. Presi un bel respiro e provai a fare un perfetto inchino per salutare l'elegante roditrice.
Ma calcolai male le distanze e... **SBUM!**
Diedi una craniata alla borsetta tempestata di perle che la signora portava a tracolla.
– Dottor Stilton, ma che le prende?! – esclamò il sindaco **esterrefatto**.
Io provai a rialzarmi per spiegare, ma i miei baffi si impigliarono nella catena della

BORSETTA

e urlai: – Ahiaaaaaa!
Nel tentativo di liberarmi, la moglie del sindaco mi ficcò una zampa in un occhio.

Squiiit, che male!
Con la vista ancora annebbiata, barcollai per allontanarmi, ma inciampai e subito dopo...

FLASH! CLICK! FLASH!

Anche senza vederlo, sapevo chi stava scattando a raffica: era Red Paparatz, che non si era perso neppure una delle mie figuracce.
Mi voltai per dirgli qualcosa, ma vedevo solo **ombre** (il mio occhio continuava a lacrimare!). Finalmente, tra le sagome confuse, riconobbi il lungo abito lilla di Tea. Così andai verso di lei e dissi: – Scusami, sorellina, non so che cosa mi stia succedendo...
– Geronimo, si può sapere adesso che cosa stai facendo?!
Per mille mozzarelle, quella era la voce di mia sorella Tea, ma proveniva **da dietro di me!**
Mi stropicciai gli occhi, guardai meglio e...

Oh no, stavo parlando con una tenda: aveva lo stesso colore del suo abito!

– Basta, la serata è rovinata! – *sospirai*.

– Non dica così, è un po' nervoso, ma io ho quello che fa per lei!

A parlare era stata una **CAMERIERA**, che ora mi sorrideva con sguardo dolce, facendomi cenno di avvicinarmi.

Quando la raggiunsi, mi disse: – Le offro una nuova stratopica bibita frizzante alla camomilla, l'ideale per distendere i nervi dei roditori nervosetti come lei. Che ne dice?
Che strano, quella cameriera mi ricordava qualcuno... forse l'avevo già incontrata?
Comunque balbettai: – S-sì, grazie, la voglio!
Lei mi porse dal vassoio un BICCHIERONE pieno di una bevanda scoppiettante: – Ecco, la beva tutta. La Dirigibilin rilassa e distende! In un attimo si sentirà più leggero, glielo garantisco.
Io la trangugiai in un sorso, pensando: 'Dirigibilin? Che strano nome. Avrà voluto dire Digeribilin, forse?'.
Le bollicine mi fecero il solletico alla lingua, mi scoppiettarono in gola e infine... iniziarono a riempirmi la pancia!
Io non mi sentivo nemmeno un po' rilassato.

Il mio stomaco invece... aveva cominciato a distendersi, rammollirsi e... gonfiarsi!
Dovetti slacciare i bottoni della giacca, perché la mia pancia era sempre più simile a un dirigibile. *Squit*, adesso sì che il nome Dirigibilin aveva senso!

– Vieni, Ger, è il momento di entrare in sala! – mi gridò Tea.

Barcollando, la seguii fino ai nostri posti in seconda fila.

Mentre mi sedevo... il mio stomaco cominciò a lamentarsi. GURGLE!

Per fortuna l'orchestra stava accordando gli strumenti e nessuno si accorse di nulla. Le luci si spensero e Ronf Van Noio salì sul palco.

Il famoso direttore si inchinò verso il pubblico e disse: – Buonasera! Sono molto felice di esibirmi davanti a un pubblico così elegante.

Come forse saprete, *Il Letargo del Ghiro* è una composizione di grande delicatezza! Vi invito a spegnere i cellulari e osservare il massimo silenzio. Grazie!

Poi si girò verso l'orchestra e alzò la bacchetta.

Ma proprio in quel momento... in sala qualcuno tossì **sonoramente**.

Il direttore si voltò verso il pubblico, guardò tutti con sdegno e un silenzio imbarazzato calò sul teatro.

Dopo un **lunghissimo** minuto la tensione si sciolse, Van Noio si girò di nuovo verso i musicisti, concentratissimo, e...

POP!

Un topino in terza fila fece scoppiare una bolla di chewing gum.

Ronf Van Noio di nuovo si voltò e di nuovo ci **fulminò** con uno sguardo truce.

Questa volta il silenzio che seguì fu più lungo e pesante. Ma finalmente, in mezzo al sollievo generale, Van Noio tornò a guardare i musicisti e sollevò la bacchetta.

E qui, cari amici, entrai in scena io... con un **tempismo perfetto!** *Squiiiiiit!*

Una bolla d'aria dallo stomaco mi salì in gola, da lì passo alla bocca e poi uscì fuori con un sonoro **BURP!**

La Dirigibilin aveva fatto effetto!

Ronf Van Noio spezzò la bacchetta e si girò esasperato, cercando con lo sguardo il colpevole.

Mi feci piccolo piccolo nella poltrona, imbarazzato.

E tutti, ma proprio tutti, si voltarono verso di me, ridendo.

Spalancai le braccia e dissi: – Scusate tanto! E mi scusi anche lei, direttore Van Noio!

Tutti applaudirono per sostenere l'orchestra e il direttore, così finalmente il concerto iniziò.

PAONAZZO per l'imbarazzo, io sarei voluto sprofondare.

Mi rannicchiai nella mia poltroncina e non riuscii a godermi nemmeno una **nota**.

Continuavo a pensare: 'Nessun dettaglio doveva andare storto? Ecco, è andata storta... l'intera serata!'.

PREPARA IL COSTUME, CUGI!

Guidai verso casa in silenzio, ancora mortificato per l'accaduto. Almeno finché, superati alcuni isolati, non mi scappò un altro...

BURP!

– Scusa, Tea! Sono imperdonabile! Colpa di quella strana bibita **frizzante!** Mi ha rovinato la serata... e la reputazione! – sospirai, affranto.

Mia sorella, dal sedile del passeggero, mi guardò e... scoppiò a ridere!

– Ma come? Io ho fatto delle FIGURACCE cosmiche e tu ridi? – le dissi, un po' piccato.

– Oh, Ger, scusa, ma stavo pensando che... col tuo ruttino, il ghiro della sinfonia di Van Noio dev'essere uscito dal letargo!

Scoppiai a ridere anch'io. Improvvisamente, la cappa di malumore e preoccupazione che mi aveva avvolto svanì.

– Dici che non è stato poi così tragico? – chiesi a mia sorella.

Lei posò una zampa sulla mia spalla e rispose:

– Nient'affatto, Ger. Qualche piccolo incidente può capitare a tutti... Ti rende solo più simpatico, più vicino alla gente. Sai, tutti hanno un po' di TIMORE davanti al famoso direttore del *Geronimo Stilton Group*...

– Che cosa? Hanno paura di me? Ma... anche tu? – le chiesi, sbalordito.
Lei rise ancora più forte: – Io? Figuriamoci! Io so bene che sei il mio fratellone... dal **cuore di mascarpone!**
Tea era riuscita a farmi tornare il buonumore e la fiducia. In fondo, anche dopo le peggiori figuracce, avevo chiesto scusa e cercato di rimediare...
Speravo che i VIP ne tenessero conto.
Andai a dormire rasserenato e, la mattina dopo, feci **COLAZIONE** con una nuova energia.
A essere sincero, qualche altro ruttino mi scappò (segnatevelo anche voi: mai bere Dirigibilin!), ma ci risi sopra.
Poi uscii per la mia **corsetta** con Spaghetto e mi diressi al parco di Topazia, allegro e pieno di energie.

Sapevo che in qualche modo il Club mi stava tenendo d'occhio. Ebbene, avrebbero visto un roditore in forma e di ottimo umore, che correva con eleganz...

– AAAAAAAAAAAAAAAAAAAH!

Spaghetto mi tagliò improvvisamente la strada per inseguire uno scoiattolo!

Io incespicai, barcollai e alla fine crollai dritto su un

CESPUGLIO!

Mi tirai su, col sottocoda dolorante e la pelliccia piena di rametti e foglioline.

Per fortuna, lì intorno non si vedeva nessuno.

Forse il Club si era perso almeno quella caduta da babbeozzo!

Richiamai Spaghetto e tornammo verso casa. Prima di arrivare al portone, mi accorsi di un **robot tagliaerba** che ronzava nel mio prato. *Per mille mozzarelle*, era molto strano... almeno per due motivi!
Primo: io non possedevo nessun robot tagliaerba!
Secondo: sopra quel *coso* c'era lo stesso logo con il **Sorriso** che avevo visto sul drone la sera prima!
– Ci risiamo – borbottai tra me. – Devono essere i VIP che mi controllano!
Scossi via foglie e rami, e mi diedi un'annusatina furtiva alla pelliccia, per assicurarmi che il deodorante al profumo di **cacio di montagna** avesse resistito alla corsa.
Non volevo certo essere bocciato perché emanavo olezzo di roditore sudaticcio!

Proprio allora... **BE-BEEEP!**

Qualcuno strombazzò davanti al portone! Corsi a vedere chi faceva tutto quel chiasso: era mio cugino Trappola, sulla sua auto elettrica sportivissima, ultimo modello.

– Ehilà, babbeozzo! Ho sentito che hai suonato anche tu al concerto, ieri sera! E usando come strumento la **BOCCA!**

Sospirai: – Non prendermi in giro! Sono cose che capitano a tutti.

Trappola ridacchiò: – Ti vedo nervosetto, cugino.

Ma stai tranquillo, ho un *programmino* che fa per te: prepara costume, asciugamano e crema solare e ci **fiondiamo** in spiaggia. Hai bisogno di rilassarti!

Per mille mozzarelle, il *programmino* di Trappola mi ispirava proprio!

Mi immaginai sotto l'ombrellone, con un buon libro tra le zampe e il rumore delle **onde del mare** che mi cullava...

Che pace, che relax, che tranquillità!

Così dissi: – **CI STO!** Lasciami solo controllare una cosa e sono da te!
Esplorai il giardino da cima a fondo, alla ricerca del robot tagliaerba, ma era sparito.
Meglio così: potevo concentrarmi sul *programmino* di Trappola, senza sentirmi osservato. Tutto quello che mi aspettava era **relax, relax e ancora relax!**
Preparai il borsone da spiaggia e mi fiondai in macchina.
Trappola fece partire una playlist all'ultima moda, mise in moto e disse: – Si parte, cugiiii!
Mi godetti il **vento** che mi scompigliava i baffi: ero sicuro che stavolta nulla sarebbe andato storto!

TOPO DA SPIAGGIA

Arrivati al Lido di Topazia, Trappola si stiracchiò e annunciò: – Cugino, credo che mi esibirò nella **famosa mossa** del leone marino stanco!
– E che cosa sarebbe? – chiesi io. – Una posizione di yoga? **Non l'ho mai sentita...**
Trappola scoppiò a ridere: – Molto meglio! Consiste nello sdraiarmi sotto l'ombrellone con un

paninozzo farcito e un po' di buona musica nelle orecchie. Ma prima dimmi... mi sei almeno riconoscente per averti portato qui? Sono o non sono un **cugino d'oro?**

Io guardai la spiaggia poco affollata, respirai l'odore di salsedine, ascoltai il richiamo dei gabbiani e ammisi: – Sì, Trappola... questa volta devo proprio dirti **GRAZIE!** Un po' di relax mi ci voleva... Vado a mettere anch'io il costume e ti raggiungo!

Trappola, già spaparanzato su una sdraio, si infilò nelle orecchie le cuffiette e disse: – Perfetto! Ti aspetto qui, cuginozzo!

Ma se mi trovi addormentato, non svegliarmi, mi raccomando, o scoprirai il verso del **leone marino arrabbiato!**

Io sorrisi: mio cugino era sempre il solito!

Cercai nel mio borsone la chiave della cabina della famiglia Stilton, la stessa da generazioni. Per un attimo ripensai ai pomeriggi al mare con zia Lippa quando ero solo un topino: quanti ricordi felici avevamo al Lido di Topazia!

Avevo appena afferrato il portachiavi a forma di stella marina, quando **UN'OMBRA NERA** oscurò il sole.

Ecco, lo sapevo: di sicuro sulla mia zucca stava passando un drone o un **elicottero** col logo a forma di sorriso!

Gridai: – Ho capito che avete occhi dappertutto, ma non potete lasciarmi un po' di privacy?!

Solo allora mi accorsi che sopra di me volava

un aquilone, governato da un topino che mi guardava confuso.

Intorno a me alcuni roditori cominciarono a MORMORARE.

– Ma quello non è Stilton, il famoso Geronimo Stilton?

– Infila una figuraccia dietro l'altra...

– Però è buffo, a me sta simpatico!

Decisi di concentrarmi solo su quest'ultima frase, lanciai un sorrisone a tutti e dissi: – A volte capita di fare brutte figure, ma l'importante è non perdere il sorriso!

Poi mi infilai nella cabina fischiettando. Chiusi la porta a chiave, indossai svelto il costume da bagno (un calzoncino a fiori che la commessa mi aveva assicurato essere l'ultima moda!), mi spalmai di crema solare e afferrai il topseller che stavo leggendo. In un batter di

baffo, eccomi pronto per qualche ora di puro relax!

Ma proprio in quel momento...

RUMBLE!

La cabina cominciò a tremare e io fui letteralmente travolto da una pioggia di secchielli, pinne e salvagenti.

Per mille mozzarelle, che cosa stava succedendo?

– **Aiutoooooo!** Trappolaaa, salvami!!! Qui balla tuttooo! – gridai.

Ma mio cugino non poteva certo sentirmi, con la sua musica nelle orecchie: dovevo cavarmela da solo. Cercai di raggiungere la porta, ma... TUMP! Un movimento secco mi sbatté contro la parete opposta.

Iniziai a tremare dalla punta dei baffi alla punta della coda: adesso avevo la sensazione che la cabina si stesse sollevando in aria!

Com'era possibile?!

Rimasi in silenzio, tentando di percepire qualche rumore dall'esterno, ma l'unico suono che arrivava alle mie orecchie era uno strano clangore metallico.

E intanto tutto TREMAVA, sobbalzava e scricchiolava...

Formine, palette e boccagli rimbalzavano da ogni parte. Mi finì anche una biglia sul naso... AHIA!

Allora ebbi un **colpo di genio**: presi un secchiello e me lo ficcai sulla testa, come un caschetto. Perlomeno, la zucca era al sicuro! Poi però mi venne in mente che...

– La cabina potrebbe finire in mare... Meglio prepararmi! – dissi, sobbalzando.

A portata di mano c'era un salvagente a forma di

PAPERELLA:

me lo infilai all'istante. Se la cabina fosse rotolata in mare, almeno sarei rimasto a galla!

Già, ma in mare dove? A riva? Al largo? Sulla cresta di **un'onda gigantesca?**

Dovevo essere pronto anche a nuotare: afferrai al volo la prima pinna che mi capitò tra le zampe. Era **troppo stretta**, ma meglio di niente.

Mentre saltellavo cercandone un'altra, di colpo i sobbalzi diminuirono.

Qualsiasi cosa fosse successa, era finita. Restava solo il rumore metallico, a cui si aggiunsero degli strani suoni, dei bizzarri richiami e delle... voci?!

Forse qualcuno poteva aiutarmi!

– **AIUUUUUUTOOOOOO!** – strillai di nuovo.

Ma nessuno rispose.

Non so dire quanto tempo passò ancora. Improvvisamente si sentì una frenata, la cabina si abbassò di colpo e si fermò a terra con un fragoroso **TUMP!**

Formine, palette e rastrelli smisero di ballonzolarmi intorno e tornò il silenzio.
Che sollievo!
Mi rimisi in piedi e raggiunsi la porta. Davanti a me dondolava il portachiavi a forma di **stella marina**. Bastava allungare la zampa, aprire e uscire: ma che cosa avrei trovato fuori?
Per prudenza mi calcai ancora di più il secchiello in testa e infilai il manico sotto il mento. Con i baffi che **TREMAVANO**, girai la chiave, aprii la porta e la luce del sole mi abbagliò.
Quando riuscii ad aprire gli occhi, vidi che non c'erano più né spiaggia, né mare, né **gabbiani**.
Ero atterrato in piazza Pietra che Canta, in pieno centro a Topazia!
La cabina era stata portata lì da un bulldozer (ecco il perché del rumore metallico!) che ora si stava allontanando a sobbalzi.

Non riuscii a vedere chi c'era al posto di guida, ma avrei giurato che **AGITASSE** una zampa, come per salutarmi.

Mi voltai: davanti a me c'era una

folla ammutolita che mi guardava come se fossi un **marziano**. E avevano ragione! Avete mai visto un roditore in costume da bagno a **FIORI** uscire da una cabina da spiaggia in pieno centro?

Qualcuno cominciò a ridacchiare, mentre il mio telefono TRILLAVA. *Squit*, dov'era finito?! Quando lo ritrovai (era infilato dentro una formina a forma di polpo) e risposi, Trappola esclamò: – Cugi! Mi sono addormentato un attimo e sei sparito! Dove ti sei cacciato? E soprattutto... dov'è finita la nostra cabina?

Risposi: – È una storia lunga, te la racconterò un'altra volta! Ora devo cercare di capirci qualcosa!

CI PENSA REBELLA, BABY!

Tornato a casa, mi cambiai e iniziai a riflettere sugli **Strani imprevisti** che mi erano successi negli ultimi giorni...
Persino per un roditore un po' **imbranato** come me era impossibile che tutte quelle figuracce l'una dopo l'altra fossero casuali... Erano davvero troppe!

Che fossero prove architettate dai VIP? O c'era dietro qualcos'altro? E che cosa c'entravano i vari congegni con il logo del sorriso?
Dovevo venirne a capo, ma l'unico indizio che avevo era proprio quello **strano logo**.
Così mi precipitai al computer e feci una ricerca in rete usando le parole chiave drone, logo, sorriso. Guardai attentamente una serie di droni di tutte le marche e di tutti i modelli, cercandone uno che avesse un marchio che ricordasse un **SORRISO**, ma niente!
Anche la mia ricerca sui robot tagliaerba fu infruttuosa e, quanto al bulldozer, non avevo visto nessuno strano logo.
Insomma, ero ancora al **PUNTO DI PARTENZA!**
Guardai Spaghetto e dissi: – Che ne dici, amico, passeggiatina? Forse un po' d'aria fresca mi schiarirà le idee...

Avevo appena messo il naso fuori dalla porta, quando un **tornado** dai folti capelli rossi mi travolse.

– Stavo giusto venendo a trovarti, *baby*. E dall'espressione del tuo muso direi **per fortuna!** Sei nei guai, pasticcino, vero?

A parlare era stata proprio lei, amici: Rebella Strong! La mia vicina di casa, che dirige l'Agenzia Risolvi-Problemi 'Dillo a Rebella!'.

Prima che potessi rispondere, Rebella mi prese a braccetto e continuò: – Avanti, babbeottino, vedo che qualcosa ti turba! Raccontami tutto e poi... **CI PENSERÒ IO!** Sai che io i problemi non li affronto! Io li distruggo! Li mastico! Li trituro! Li...

Mi arresi: – Va bene, va bene, **Rebella!** Ti dirò tutto!

In fondo avevo voglia di sfogarmi e, chissà, forse Rebella mi avrebbe aiutato a capirci qualcosa di più. Era o non era specializzata nella soluzione di qualunque problema?!

Aprii la bocca per spiegare, ma con mia grande sorpresa lei... mi **ABBRACCIÒ!** Poi mi sollevò una zampa stringendola nella sua e disse, seria: – Avanti. Dimmi, dimmi.

– Ecco, tutto è cominciato quando mi è piombata in casa la selezionatrice del Club dei VI...

Ma non potei finire la parola, perché Rebella mi fece fare una **giravolta**, tenendomi stretto.
– La selezionatrice, eh? Di che cosa, pasticcino? – chiese, senza mollarmi.
– Ehm, non potremmo entrare in casa e parlarne stando fermi... magari seduti sul divano?! – proposi.
Rebella scosse la chioma per scostare un ciuffo dal muso e rispose: – Non posso perdere la concentrazione, *baby*! Mi sto allenando per il **campionato di tango acrobatico**, e ogni minuto è prezioso per fare pratica!
– Ma devi proprio fare pratica con me?! Qui fuori?! – protestai. – Ho una reputazione da difendere! Specialmente in questo periodo!
Lei non fece una piega e mi trascinò in un passo **travolgente**.
– Un-due-tre... e olè! Gira, pasticcino, gira!

A **girare** era la mia testa. Come avrei fatto a raccontarle in modo ordinato tutto quello che mi era accaduto?
Rebella, fresca e rilassata, continuò a ballare senza mollarmi, chiedendo: – Dicevi che ti hanno **selezionato?**
– Sì... No, cioè, è venuta qui una certa Wanda, inviata dal Club dei VIP... – risposi, cercando di starle dietro.
Rebella scattò a raccogliere una **ROSA** del giardino caduta sul prato e se la ficcò tra i denti. Poi mi domandò: – I UIP sono quell'assosciasione di elegantoni che fa fescte escluscivissime?
– **Proprio quella!** Sogno da sempre di farne parte. Ma da quando quella tizia mi ha detto che mi avrebbero tenuto d'occhio, ho iniziato a...
Squiiiit! Rebella mi aveva fatto fare un'altra giravolta.

– Mmm mmm – mugugnò, senza mollare la rosa.

Capii che mi stava dicendo di continuare, così spiegai: – Da quel momento non ho fatto altro che **collezionare brutte figure!**

Finalmente Rebella si bloccò, lasciò la rosa e, dopo un caschè, disse: – Ok, per il momento mi sono esercitata abbastanza. Certo, sei un po' **RIGIDINO** come compagno, *baby*! Ma continua con il tuo racconto, ti seguo.

Io mi sentivo frullato come un

FRAPPÈ ALLO STRACCHINO,

così, ondeggiando, feci cenno a Rebella di entrare in casa con me.

Mi accasciai sul divano e, non appena ripresi **fiato**, le raccontai per bene ogni cosa: la figuraccia al ristorante, Red Paparatz e l'articolo della *Gazzetta*, la **bibita indigesta** al concerto, la cabina spostata in piazza...

Rebella annuì: – In effetti un **indizio** sul fatto che eri nei guai l'ho avuto proprio dai giornali! E parlavano di te anche in televisione, poco fa. Sei il topo del momento, pasticcino! Ma a tanti di noi queste tue PERIPEZIE non dispiacciono... ti rendono più simpatico, più divertente... quasi più *cool*! Che cosa c'è di meglio del saper SORRIDERE anche nelle difficoltà?

– Lo ha detto anche mia sorella Tea. Io però sono stanco di tutte queste figuracce...

Lei si accorse del mio scoraggiamento e disse:

– Tranquillo, troveremo una soluzione.

Io sospirai: – Grazie, Rebella. E non ti ho ancora detto il dettaglio più misterioso! In questi giorni due congegni mi hanno seguito per spiarmi! Erano un drone e un tagliaerba... e sorridevano!

Ma mi accorsi che lei non mi stava più ascoltando, anzi, si guardava intorno, guardinga.

Che cosa stava macchinando?

Si chinò verso di me e bisbigliando mi chiese:

– Hai usato il computer da poco, *baby*?

– Sì, cercavo appunto notizie su...

Rebella si mise un dito davanti alla bocca e sussurrò: – SSSh! Parla piano. Non hai notato che la spia della webcam è accesa? Qualcuno ci sta osservando!

Poi si alzò e, facendo finta di niente, riprese a parlare ad alta voce: – Beh, pasticcino, secondo me **stai esagerando**. Direi che non c'è nulla di cui tu ti debba preoccupare. A meno che...

E all'improvviso si lanciò sul portatile.

– ... A meno che non ci siano in giro degli **SPIONI!** – strillò.

In quel preciso momento il computer si spense e Rebella si voltò verso di me con aria trionfante: – Andati! Spariti! Come al solito, metto **paura!** E ti dirò di più, *baby*... per un attimo ho avuto l'impressione che sullo schermo ci fosse uno strano logo. Come un *sorriso*!

– D-di nuovo?! – balbettai io.

Rebella staccò la spina dal muro e si prese il portatile: – Tranquillo, *baby*! Da qui in poi ci **PENSO IO**. Questo finisce dritto al *SuperBit Shop*. Sono sicura che quei due **CERVELLONI INFORMATICI** di Mega e Giga Bit scopriranno chi ci si è intrufolato per spiarti e da lì sveleremo tutto il mistero!

Guardai Rebella con gratitudine: – Non so come ringraziarti...

– Certo che lo sai, *baby*: quando vedrai online la **gara di tango**, vota per me!

Poi mi strizzò l'occhio e aggiunse: – A più tardi pasticcino!

Appena la porta si chiuse alle spalle della mia amica, il telefono si mise a TRILLARE.

Per mille mozzarelle, e adesso chi poteva essere?

Non vi nascondo che, mentre andavo a rispondere, ero un TANTINO preoccupato.

In fondo, tutti i miei guai erano cominciati proprio così: con una telefonata inattesa...

Afferrai il mio smartphone e con voce tremante risposi: – **PRONTO?**

– Stilton, finalmente! Stavo di nuovo per perdere le speranze!

Lo stomaco mi si **attorcigliò**: era la stessa voce che, qualche giorno prima, mi aveva annunciato l'arrivo di Wanda, la selezionatrice del Club!

– Stilton, è ancora lì? Non la sento più!

– Sì, sì, sono qui e la ascolto! – mi affrettai a rispondere.

La voce riprese flautata: – Beeeneee! Perché ho un'ottima notizia per lei: entrerà a far parte del Club!

Che cosa?! Non potevo credere alle mie orecchie!

– Sono stato ammesso? Davvero?! – domandai, emozionato.

La voce continuò: – Del resto... da un roditore come lei! Diciamo che ha dimostrato di avere tutte le carte in regola... proprio come pensavamo! Quindi, la aspettiamo! Si presenti domattina alle nove in punto in via delle Frottole 26 per l'investitura ufficiale! Mi raccomando: contegno, eleganza e soprattutto NIENTE RITARDI!

Poi riattaccò senza che io potessi fare domande. Spaghetto mi osservava con un **Sopracciglio** alzato.

– Già, Spaghettino, non ci capisco niente nemmeno io! Non ho mai fatto così tante brutte figure come in questi giorni, eppure... i VIP mi hanno selezionato!

– *Wof! Wof!* – abbaiò il mio cane.

– Sì, probabilmente hai ragione! Un Club di classe e frequentato da **GENTILTOPI** di un certo livello sa passare sopra a dei piccoli imprevisti. Si sono accorti che sono un roditore educato, a modo, insomma... un vero VIP! O forse hanno voluto premiare la mia buona volontà? In fondo, **io ce l'ho messa tutta!**

Spaghetto abbaiò di nuovo, questa volta con il guinzaglio in bocca, e io capii al volo: era l'ora della passeggiata!

Lo abbracciai: – Hai ragione, amico mio! Usciamo subito! Al ritorno dalla passeggiata mi concederò una bella dormita: domani farò il mio esordio tra i VIP e voglio essere fresco e riposato!

Così portai il mio cane a spasso e, dopo una cena leggera, mi misi subito a letto.

Addormentarsi, però, fu difficilissimo: in testa mi frullavano mille domande...

Come sarebbe stata l'investitura ufficiale?

Era più da VIP arrivare in BICI o in TAXI?

E se non avessi sentito la sveglia?

Alla fine cedetti al sonno e, la mattina seguente, fu Spaghetto a svegliarmi con una super-leccatona-extra.

Guardai l'orologio e... oh no! Avevo dormito troppo e ora mi restavano solo venti minuti per prepararmi e raggiungere via delle Frottole!

Perché perché perché avevo di nuovo spento la sveglia?!
Balzai giù dal letto ed entrai in modalità **TURBO**.
In dieci minuti riuscii a prepararmi, fare colazione e dare anche una **grattatina** al mio cagnolone (in fondo, era merito suo se mi ero svegliato!).

Controllando il navigatore vidi che il traffico era congestionato, mentre il percorso ciclabile per via delle Frottole era libero.

Ci volevano giusto otto minuti e mezzo per arrivare a destinazione **pedalando**... Potevo farcela!

Indossai il caschetto, saltai sulla mia bicicletta e pedalai

VELOCISSIMO.

Intanto provavo il discorso per la mia investitura ufficiale: – Gentili roditrici, gentili roditori, oggi per me è un giorno felice. Ringrazio per questo **TRAGUARDO** la mia famiglia, il mio pesce rosso Annibale, il mio cane Spaghetto e gli autori del *Manuale del perfetto gentiltopo*...

Un roditore che passava per strada mi gridò qualcosa a proposito di zampe e conigli, ma ero troppo concentrato sul mio discorso per prestargli attenzione.

Stavo per chiedergli di ripetere, poi guardai l'orologio e vidi che avevo solo due minuti! Così gridai: – Mi scusi, ma devo proprio andareee! Sono in ritardoooooo!

Finalmente arrivai in via delle Frottole, parcheggiai la mia bici e raggiunsi il portone del civico 26. Era un palazzo ELEGANTISSIMO, preso d'assalto da una folla di giornalisti e curiosi.

Per mille mozzarelle, che accoglienza! Però in fondo era prevedibile, no? I VIP non ammettono un nuovo membro tutti i giorni!

Mentre mi sistemavo la cravatta, un reporter mi salutò.

– Dottor Stilton! – mi disse. – Ci hanno riferito che a questo indirizzo si sta per svolgere una CERIMONIA molto importante e siamo corsi a dare un'occhiata. Lei sa chi è il protagonista?
Diventai paonazzo per l'imbarazzo e risposi: – Direi che... beh, sì, sono io!
Orgoglioso, mi avvicinai per suonare il campanello, allungai una zampa e il portone del palazzo si spalancò dritto sul mio muso, facendomi ruzzolare all'indietro... che dolore felino!
Ma il peggio doveva ancora venire.
Già, perché quando mi rialzai, davanti a me non c'erano tre VIP, ma... tre roditrici dal sorriso beffardo.
E le conoscevo bene: erano Madame No, Sally Rasmaussen e Ombra!

BENVENUTO NEL CLUB!

Intorno a me i **FOTOGRAFI** avevano iniziato a scattare, ma io non ci capivo una crosta: che cosa ci facevano lì quelle tre roditrici?
Come se mi avesse letto nel pensiero, Ombra mi chiese: – Sei confuso, Stilton?
Un momento: *quella voce*... quel modo di parlare... li avevo sentiti di recente!

Vedendo il guizzo nei miei occhi, la ladra più astuta di Topazia disse: – Ci stai arrivando, eh, babbeo? Ormai dovresti saperlo: sono imbattibile con i **travestimenti!** Ero io Wanda, l'inviata del Club! Ero io la cameriera del Fromage d'Or! Sono stata io a servirti la Dirigibilin a teatro! E guidavo io il **bulldozer** che ti ha portato in piazza Pietra che Canta con quel ridicolo costumino a fiori! Insomma, tutte le figuracce feline che hai fatto in questi giorni sono merito mio, anzi nostro!

Intorno a me **LAMPEGGIAVANO** i flash e le luci delle telecamere e avevo cinque o sei microfoni sotto il muso: probabilmente tutta Topazia mi stava ascoltando in diretta...

Avrei fatto l'ennesima brutta figura, ma pazienza. Così, balbettando, chiesi: – M-m-ma allora... il Club?

Sally e Madame No si scambiarono uno sguardo **soddisfatto**, poi la direttrice della *Gazzetta del Ratto* annunciò: – Non ti devi preoccupare, Stilton, dico! Un Club esiste! *Tu* sarai l'unico membro e dunque anche il presidente onorario! **L'UNICO CLUB** di cui un babbeo come te merita di far parte è il...

Fece una pausa a effetto, poi estrasse una coccarda dalla tasca e me l'appuntò sulla giacca.

Non ci potevo credere!

Sopra c'era scritto a lettere cubitali:

TAXI
TAXI

Tutta quell'avventura, quel bellissimo sogno di entrare a far parte del circolo più ambito di Topazia... non era stato altro che una colossale burla!

Con un filo di voce chiesi: – Ma... perché avete fatto tutto questo?

A parlare questa volta fu Madame No, l'imprenditrice senza scrupoli più **POTENTE** e perfida dell'Isola dei Topi: – È semplice, Stilton: tu sventi sempre i miei loschi piani! Volevo prendermi una rivincita e guastarti la reputazione. Perché a me piace **vincere** sempre, comunque e dovunque!

Sally Rasmaussen aggiunse: – Da domani non avrai più il coraggio di uscire di casa, vero babbeo?! Tutti sapranno che sei un allocco, dico! Sto per dare alle stampe un libro dedicato a te e alle tue figuracce... Si intitolerà *Ritirati, Stilton!*

La vera storia di un **autentico babbeo!**
Sarà un vero top seller, puoi esserne certo, dico! E per la vergogna potresti anche decidere di chiudere il tuo *Media Group*! O di venderlo *a me* con uno **sconto speciale!**

Io diventai bianco come uno stracchino.

Mormorai: – Ma allora... eravate voi a farmi seguire da Red Paparatz?

– **Puoi dirlo forte!**

– E siete state voi a fare tutte le telefonate da parte del Club?

– **Assolutamente sì!**

– E quindi anche il drone spia, il robot taglia-erba e l'intrusione nel mio computer sono opera vostra?

– Ebbene... No, un momento... di che accidenti stai parlando, Stilton? – chiese Sally Rasmaussen.

Anche Madame No e Ombra adesso sembravano confuse.
Io sbottai, esasperato: – È inutile che facciate finta di niente! Mi avete messo alle calcagna quel drone e il robot tagliaerba. Ecco perché avevano quel logo a forma di SORRISO: stavano ridendo di me! E quando mi avete spiato con la webcam, ridacchiava anche il mio computer!
In quel momento, una voce si levò tra la folla: – Per una volta quelle furfanti stanno dicendo la verità, pasticcino! Non erano loro, a spiarti!

UN SORRISO È UN VERO TESORO!

– **Pista! Permesso! Scusate!**

Rebella Strong si fece strada tra curiosi e giornalisti, stringendo da un lato il mio portatile e dall'altro la zampa di una roditrice dall'aria **timida e gentile**.

Per mille mozzarelle, e adesso chi era quella sconosciuta?

Quando mi raggiunse, la mia vicina mi diede un **pizzicotto** ai baffi e annunciò: – Eccomi, *baby*, scusa il ritardo! Ho fatto analizzare il tuo computer da Mega e Giga ed è saltato fuori che a spiarti non erano i VIP e nemmeno questi tre **musi di fontina**, ma...

– ... Ero io. Le devo delle scuse, a nome mio e a nome del mio Club! – disse la roditrice sconosciuta.

Un momento... un **altro Club?!**

La nuova arrivata mi tese la zampa e io gliela strinsi, confuso.

– Permetta che mi

presenti, dottor Stilton. Mi chiamo Topelie Amusette e sono la presidentessa del Club che l'ha tenuta **sotto osservazione** negli ultimi giorni.

Ero un po' stordito ma riuscii comunque a balbettare: – M-molto p-piacere!

Topelie Amusette si voltò verso Sally, Madame No e Ombra, che la guardavano con aria babbea, e disse: – Se voi tre avete finito con questo insulso scherzo, io avrei da dire qualcosa di importante al dottor Stilton!

C'era nell'aria un **colpo di scena!**

I giornalisti affollarono i microfoni sotto il muso di Topelie, che continuò: – Abbiamo seguito **l'avventura** del dottor Stilton dall'inizio. Dopo l'incidente al ristorante abbiamo pensato che potesse essere il candidato ideale per il nostro Club... **IL CLUB DEL SORRISO!**

– OOOHHH! – esplose la folla di curiosi e giornalisti.
Topelie proseguì: – Il dottor Stilton ha intenerito il cuore di tutti, in città. Ci ha fatti divertire, ma soprattutto ha vissuto ogni momento di questa settimana disastrosa sempre con spirito solare. La sua tristezza non durava mai a lungo e dopo ogni sconfitta era sempre pronto a rialzarsi... con un SORRISO sulle labbra!
Che belle parole! I baffi cominciarono a frullarmi per l'emozione!
– Le chiedo scusa per il drone, il robot tagliaerba e per aver dato una sbirciatina attraverso la sua webcam, dottor Stilton... – aggiunse Topelie, rivolgendosi di nuovo a me. – Ma per diventare Socio del nostro Club occorre essere una vera, genuina e continua fonte di preziosi sorrisi, verificati e certificati!

Poi mi prese una zampa e la strinse tra le sue, dicendo: – Un sorriso è un VERO TESORO, lo sappiamo tutti, anche se a volte ce ne dimentichiamo. Tira su di morale te e chi ti è vicino, ti dà la carica per nuove avventure. Ti fa accogliere al meglio gli altri, ed essere ben accolto. E alla sera, se sorridi, vai a letto tranquillo... Topazia è un posto migliore, grazie a roditori come lei, che non perdono il sorriso neanche nei momenti più difficili!

Topelie sollevò in alto la mia zampa e si voltò verso i giornalisti: – Per questo il Club del Sorriso è lieto di dare il benvenuto a un nuovo socio... Geronimo Stilton!

Scoppiò un fragoroso APPLAUSO e Topelie tirò fuori una spilla luccicante che mi appuntò sul bavero: uno smile, identico a quello che avevo visto sul drone e sul tagliaerba.

Ero felice e confuso.

Quasi non notai Sally e Madame No che se ne andavano **FURIBONDE**, mentre Ombra le seguiva scuotendo la testa, incredula.

– Provate a sorridere anche voi tre! Vi farebbe

bene, **garantito al formaggio!** – strillò Rebella.

Io, invece, mi ritrovai un microfono proprio sotto il muso. Così dissi: – Sono onorato di far parte di un Club così importante! Ma se ce l'ho fatta, è anche grazie ai miei **amici** e **familiari**, che mi hanno appoggiato in ogni momento! Tea, Ben, Trappola, Rebella... e il mio inseparabile amico a quattro zampe Spaghetto!

Gli **applausi** scrosciarono e i fotografi ripresero a scattare senza sosta.

Ad attirare la mia attenzione, però, fu Red Paparatz, che mi chiese: – Per caso si è vestito in fretta questa mattina, dottor Stilton?

Restai di stucco: – In effetti sì... ma lei come fa a saperlo?

Red ridacchiò: – Ha ancora addosso le **pantofole!**

Paonazzo per l'imbarazzo guardai in basso: ecco che cosa aveva cercato di dirmi il passante poco prima! Nella fretta, ero arrivato fin lì indossando le mie solite pantofole **pelose!**

Partì una risatona generale e anch'io mi unii al coro.

In fondo, più ancora che un topo VIP, era importante essere **un topo simpatico!**

Parola di Stilton, Geronimo Stilton!

UN CLUB DI AMICI AL TOP!

IDEA IN PIÙ

La cosa più importante che ho imparato in questa avventura? Far parte di un **CLUB** è bellissimo! E allora... perché non fondarne uno **PERSONALE**?

Ecco che cosa fare.

1) Pensate a ciò che vi **APPASSIONA** di più: leggere, esplorare, collezionare fumetti o gadget, fare sport... insomma, un'attività che vi faccia sentire **FELICI**!

2) Scegliete un **NOME** per il club e immaginate un **LOGO**. Meglio un'immagine **SEMPLICE**, che si possa riprodurre con facilità e soprattutto che faccia capire il **TIPO** di Club.

3) Con nome e logo create lo **STEMMA**. Per esempio: il Club del Formaggio, con una fetta di groviera; il Club dei Roditori Viaggianti, con un trenino…

4) Realizzate la **TESSERA**, a mano o al computer. Su ognuna inserite lo stemma e lasciate lo spazio per il **NOME** del socio e altri **DETTAGLI**, come il giorno del compleanno e altre caratteristiche speciali (per esempio, per il Club dei Topi Lettori, può essere il libro preferito!).

5) Invitate nel Club gli **AMICI** che hanno la vostra stessa **PASSIONE**. Stabilite quando incontrarvi e fate progetti insieme!

Stratopico, vero? E adesso fondate il vostro Club!

Parola di Stilton,
Geronimo Stilton!

Indice

GSG
ECO DEL RODITORE
ECO DEL RODITORE

Vi è piaciuta la storia che vi ho raccontato? Vi rivelo un segreto: le idee migliori mi vengono al mattino, quando faccio una passeggiata con Spaghetto, prima di mettermi al lavoro!

1
2
3
4
5
6
7
8
9
10
11
12
13
14
15
16
17
18
19
20
21
22
23
24
25
26
27
28
29
30
31
32
33
34
35
36
37
38
39
40
Fiume Topazio
Spiaggi
GSG

Topazia, la Città dei Topi

1. Zona industriale di Topazia
2. Rocca Misteria
3. Fabbriche di Formaggi
4. Aeroporto
5. Televisione e radio
6. Mercato del Formaggio
7. Municipio
8. Castello Snobbacchiottis
9. Sette colli di Topazia
10. Stazione ferroviaria
11. Centro Commerciale
12. Cinema Topeon
13. Palestra Topgym
14. Piazza Pietra Che Canta
15. Teatro Tortiglione
16. Top Bank
17. Grand Hotel
18. Ospedale
19. Parco
20. Spazio Teatro Top
21. Bazar della Pulce Zoppa
22. Casa di zia Lippa e Benjamin
23. Museo di Arte Moderna
24. Università
25. Gazzetta del Ratto
26. GSG – Eco del Roditore
27. Casa di Trappola
28. Ristorante Fromage d'Or
29. Centro Difesa dell'Ambiente
30. Stadio
31. Centro Sportivo di Topazia
32. Parco dei divertimenti
33. Casa di Geronimo
34. Casa di Rebella
35. Libreria
36. Casa di Tea
37. Porto
38. Ufficio di Ficcanaso Squitt
39. Casa di nonno Torquato
40. Biblioteca

LA STORIA CHE HAI APPENA LETTO
È COMINCIATA A CASA MIA!

TROVALA SULLA MAPPA!

Isola Corsara
Isola Tortuga
Atollo delle Isole Felici
Barriera corallina
Baia dei Delfini
Golfo del Dente Cariato
Porto Tanfo
Porto Schifio
Topoforte
Rada del Gatto Randagio
Portosorcio
TOPAZIA
Porto Crostolo
Faro Forforoso
Isola Spellicciata
1
2
3
4
5
6
7
8
9
10
11
12
13
14
15
16
17
18
19
20
21
22
23
24
25
26
27
28
29
30
31
32
33
34
35
36
37

Isola dei Topi

1. Grande Lago di Ghiaccio
2. Picco Pelliccia Ghiacciata
3. Picco Telodoioilghiacciaio
4. Picco Chepiufreddononsipuò
5. Topikistan
6. Transtopacchia
7. Picco Vampiro
8. Vulcano Sorcifero
9. Lago Zolfoso
10. Passo del Gatto Stanco
11. Picco Puzzolo
12. Foresta Oscura
13. Valle Misteriosa
14. Picco Brividoso
15. Passo della Linea d'Ombra
16. Rocca Taccagna
17. Parco Nazionale per la Difesa della Natura
18. Las Topayas Marinas
19. Foresta dei Fossili
20. Lago Lago
21. Lago Lagolago
22. Lago Lagolagolago
23. Rocca Robiola
24. Castello Zanzamiao
25. Valle Sequoie Giganti
26. Fonte Fontina
27. Paludi solforose
28. Geyser
29. Valle dei Ratti
30. Valle Panteganosa
31. Palude delle Zanzare
32. Rocca Stracchina
33. Deserto del Tophara
34. Oasi del Cammello Sputacchioso
35. Picco Cocuzzolo
36. Giungla Nera
37. Rio Mosquito

Questa storia si è svolta a Topazia. Torna alla mappa della città e cerca dove sono stato!

Geronimo Stilton

1. ATTENTI AL TOPO!

Una corsa all'alba può riservare incredibili colpi di scena, se sulla città si stende la magia di un grande illusionista!

2. IL GIALLO DEL PAPPAGALLO

Per prendersi cura di un pappagallo ferito Geronimo finisce sulle tracce di una banda di ladri e si caccia in un mare di guai!

3. UNO SKATE PER DUE

Come finire spalmati a terra più e più volte e divertirsi un sacco? Partecipando al campionato di skateboard a coppie, ovvio!

4. UN AMICO A SORPRESA

Spiaggia, ombrellone, mare... Di certo una vacanzetta tranquilla, pensa Geronimo. Ma se sapesse che cosa lo aspetta...

Un'avventura tira l'altra: scegli la prossima!

5. LA GARA DEI CUPCAKE

Una gara di cupcake? Geronimo l'avrebbe evitata, ma quando Rebella ci si mette... Ed eccolo a creare il cupcake perfetto!

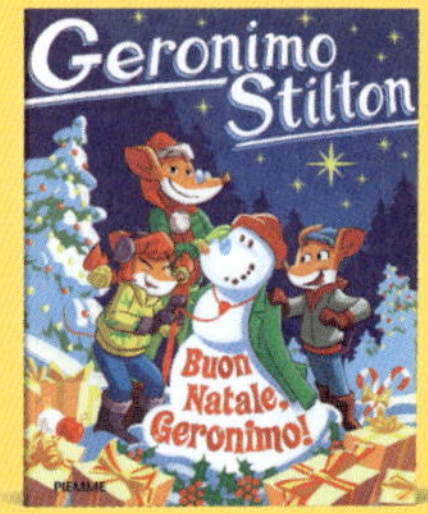

6. BUON NATALE, GERONIMO!

Chi l'avrebbe mai detto che una tranquilla vacanza di Natale sulla neve si può trasformare in una sfida all'ultima luminaria...

7. INFLUENCER PER CASO

Da quando incontra Lilì La Blonde, influencer al top, la vita di Geronimo è seguitissima sui social. Ma sarà tutto vero?

8. BENVENUTO TRA I VIP!

Entrare nel club dei VIP: un sogno che diventa realtà! Ma la vita di Geronimo si trasforma in un incubo...

Cari amici,
Spaghetto vuole correre al parco...
appuntamento alla prossima storia!

Divertimento, novità e tanti giochi!
www.geronimostilton.com